Vente des Mardi 9 et Mercredi 10 Janvier 1866

PAR SUITE DU DÉCÈS DE M. GUILLEMARDET

OBJETS D'ART

ET DE CURIOSITÉ

EXPOSITION PUBLIQUE :

Le Lundi 8 Janvier 1866

Mᵉ Ch. PILLET, Commissaire-Priseur

MM. MANNHEIM, Experts

PARIS. — IMPRIMERIE PILLET FILS AINÉ
5, RUE DES GRANDS-AUGUSTINS

CATALOGUE

D'UNE COLLECTION

D'OBJETS D'ART

ET DE CURIOSITÉ

Belle Commode du temps de la Régence, Sculptures en marbre blanc,
Groupes et Statuettes,
Grande Pendule Louis XVI en bronze doré et marbre blanc,
Beau Buste de Henri IV en bronze,
Porcelaines de Sèvres, de Saxe, de Chine et du Japon,
Faïences italiennes, de Delpht et de Bernard Palissy; Sculptures en bois et en ivoire,
Tabatières et Matières précieuses,
Meubles en marqueterie de bois des époques Louis XV et Louis XVI,
Tableaux anciens des diverses écoles,
Miniatures, Estampes, Objets variés

PROVENANT EN GRANDE PARTIE DE CHEZ M. GUILLEMARDET

ET DONT LA VENTE AUX ENCHÈRES PUBLIQUES AURA LIEU

PAR SUITE DE SON DÉCÈS

HOTEL DROUOT, SALLE Nº 5

Les Mardi 9 et Mercredi 10 Janvier 1866

A UNE HEURE ET DEMIE

Par le ministère de Mᵉ **CHARLES PILLET**, Commissaire-Priseur,
rue de Choiseul, 11,

Assisté de MM. **MANNHEIM**, Experts, rue de la Paix, 10,

Chez lesquels se distribue le présent Catalogue.

EXPOSITION PUBLIQUE

Le Lundi 8 Janvier 1866, de une heure à cinq heures.

CONDITIONS DE LA VENTE

Elle sera faite au comptant.

Les acquéreurs payeront *cinq pour cent* en sus des enchères.

L'exposition mettant le public à même de se rendre compte de l'état des objets, il ne sera admis aucune réclamation une fois l'adjudication prononcée.

Paris. — Imp. Pillet fils aîné, rue des Grands-Augustins, 5.

DÉSIGNATION
DES OBJETS

Meubles

1 — Grande et très-belle commode du temps de la Régence,
à deux tiroirs, en marquéterie de bois, richement garnie
de bronzes. Dessus de marbre.

2 — Ciel de lit du temps de Louis XVI, en bois finement
sculpté et doré.

3 — Petit bureau, dit *bonheur du jour*, en marqueterie genre
Boule, écaille et cuivre.

4 — Coffret de mariage en marqueterie de bois et ivoire.
Travail vénitien.

5 — Cadre italien en bois sculpté et doré, de forme monu-
mentale.

6 — Bureau à cylindre en marqueterie de bois, avec attributs, garni de bronzes. Époque Louis XV.

7 — Commode-console à un tiroir en marqueterie de bois, garnie de bronzes et à dessus de marbre. Époque Louis XV.

8 — Baromètre en bois noir, avec blason incrusté, et reposant sur une petite console en bois doré. Époque Louis XIV.

9 — Deux meubles en marqueterie de bois, à deux portes vitrées et garnis de bronzes. Époque Louis XV.

10 — Table tric-trac en marqueterie de bois de rose. Même époque.

11 — Deux petites consoles en bois sculpté, peint en blanc et rehaussé d'or, à dessus de marbre blanc. Époque Louis XV.

12 — Deux petites consoles de suspension analogues à celles qui précèdent.

13 — Meuble en marqueterie de bois à deux portes vitrées et tablettes à l'intérieur. Époque Louis XV.

14 — Deux tables-supports à trépieds en bois d'acajou et bronze doré, du temps de l'Empire, et à dessus de marbre blanc.

15 — Meuble à deux corps en bois sculpté, orné de panneaux offrant des bustes et des rinceaux en relief.

16 — Table carrée, à quatre pieds et entre-jambes, à colonnes torses.

17 — Trois escabeaux en bois sculpté à ornements.

18 — Glace carrée avec cadre en bois noir à moulures, orné d'appliques en cuivre repoussé et découpé à jour.

19 — Petite pendule et son socle-support en marqueterie de cuivre et écaille, garnie de bronzes dorés. Époque Louis XV.

20 — Trois pilastres en bois sculpté, formés de cariatides se terminant en gaîne.

21 — Table de salle à manger, en bois d'acajou, accompagnée de cinq rallonges.

22 — Petit meuble à deux portes, en bois d'acajou.

23 — Étagère à trois tablettes et deux tiroirs, en bois d'acajou.

24 — Petite table-support à trépied en bois d'acajou.

25 — Grand buffet de salle à manger en acajou sculpté à deux corps, le haut vitré, le bas à portes pleines.

26 — Bibliothèque en acajou à deux corps et à trois ventaux.

27 — Bahut en bois sculpté ; travail ancien.

Bronzes d'art et d'ameublement

28 — Grande pendule du temps de Louis XVI, en marbre blanc et bronze doré, formée d'un fût de colonne cannelée, surmonté d'une figurine d'Amour. Le mouvement de *Bujot, à Paris*, est soutenu par deux têtes de coqs se terminant en rinceaux.

29 — Deux candélabres, formés de vases ovoïdes en marbre blanc à cannelures torses, montés en bronze doré et contenant quatre branches de lis porte-lumières.

30 — Deux flambeaux en bronze doré, à têtes de coqs ailés, se terminant en rinceaux.

31 — Beau buste en bronze, grandeur nature, du roi Henri IV, d'après l'original de Prieur, qui se trouve au musée du Louvre.

32 — Bacchante dansant, s'accompagnant de ses cymbales;
bronze ancien, monté sur socle en marbre.

33 — Statuette en bronze, représentant un voyageur ; sur
socle en marbre.

34 — Deux vases en bronze du Japon, de forme ovoïde à
cols évasés; sur les panses sont des oiseaux en relief. Ces
vases reposent sur des socles mobiles supportés par trois
enfants.

35 — Grande pendule, ornée d'un groupe de figures de bac-
chantes et de satyres, en bronze, d'après Clodion, sur
socle en bronze doré.

36 — Deux grands candélabres, accompagnant la pendule qui
précède, et ornés chacun d'un groupe en bronze, d'après
Clodion.

37 — Deux paires de bras de cheminée en bronze doré, du
même style que les candélabres qui précèdent. Ces bronzes,
ainsi que la garniture de cheminée, sortent des ateliers
de Crozatier.

38 — Petite pendule en malachite, montée en bronze doré au
mat.

39 — Statuette de génie en bronze.

40 — Petit vase chinois en bronze, en forme de bouteille, orné de deux dragons en relief.

41 — Deux pièces : brûle-parfums de forme ronde et petit
vase de forme ovoïde.

42 — Quatre pièces en bronze, dont un petit brûle-parfums,
une petite jardinière et un groupe de chimères.

43 — Deux vases cassolettes en marbre blanc et bronze doré.

44 — Galerie de cheminée en bronze doré, à balustres et
vases.

45 — Deux vases de forme ovoïde en vernis de Martin, à médaillons d'après Greuze, montés à anses têtes de dauphins en bronze doré.

46 — Deux vases modèle aiguière en porcelaine gros bleu,
montés en bronze doré.

47 — Deux flambeaux en bronze doré. Époque Louis XIV.

48 — Deux flambeaux-cassolettes en bronze doré. Époque
Louis XIV.

49 — Deux paires de flambeaux en bronze doré, dont une
paire de style vénitien.

50 — Jardinière en cuivre doré. Époque Louis XIV.

51 — Petit lustre flamand à six lumières.

52 — Suspension de salle à manger en cuivre poli, pour lampe et douze bougies.

Sculptures en marbre

53 — Joli groupe en marbre blanc sculpté. Diane accompagnée de ses chiens. La déesse, nue et accroupie, est armée de son arc. Œuvre de Prouha. Haut., 50 cent.; larg., 60 cent.

54 — Deux statuettes en marbre blanc sculpté, par le même artiste. Diane et Endymion debout. Ces figures peuvent servir d'ornement principal à des candélabres. Haut., 63 cent.

55 — Deux belles têtes de chérubins en marbre blanc sculpté, attribuées au Bernin.

56 — Buste d'enfant en marbre blanc sculpté.

Porcelaines

57 — Trois grandes potiches en ancienne porcelaine du Japon
à décor de fleurs et paysages en bleu, rouge et or.

58 — Deux potiches analogues à celles qui précèdent, mais
moins grandes.

59 — Grand plat en porcelaine du Japon laqué.

60 — Deux cornets en ancienne porcelaine de Japon décorés
en bleu sur blanc.

61 — Deux jolies potiches à pans en ancienne porcelaine du
Japon, à décor en bleu, rouge et or.

62 — Bougeoir à deux lumières, en bronze doré, du temps de
Louis XV, orné d'un groupe en porcelaine de Saxe.

63 — Trois pièces en porcelaine du Japon, provenant d'un
service à thé.

64 — Deux théières et un sucrier, de même porcelaine.

65 — Cinq jolies salières en ancienne porcelaine du Japon.

66 — Dix-huit plateaux et assiettes en porcelaine de Chine.

67-69 — Vingt-neuf pièces : assiettes, plateaux, écuelles, pots à crème en porcelaine de Sèvres, au chiffre du roi Louis-Philippe. Ce lot sera divisé.

70 — Douze assiettes en ancienne porcelaine de Chine d'un beau décor.

71 — Six assiettes de même porcelaine et de décor analogue.

72 — Une grosse potiche et deux cornets en porcelaine de Chine à décors de paysage et de personnages en bleu sur blanc. Ces vases ont été surdécorés en couleurs.

73 — Deux vases à goulots droits en porcelaine de Chine jaspée violet.

74 — Deux petits candélabres à deux lumières, en bronze doré, ornés de figurines et de fleurs en porcelaine de Saxe.

75 — Petite pendule en bronze avec figurines et fleurs en porcelaine de Saxe.

76 — Théière à trois anses surélevées, en ancienne porcelaine de Chine décorée de fleurs sur fond blanc.

77 — Deux petits vases en porcelaine de Chine à dessins en bleu sur blanc. Ces vases ont été surdécorés.

78 — Deux coupes de forme contournée, en porcelaine de Chine, décorées de poissons rouges sur fond bleu.

79 — Cabaret en terre brune et décor argenté, il se compose de trois grandes pièces et six tasses.

80 — Deux petits vases en porcelaine anglaise, fond gros bleu et médaillons de fleurs.

81 — Deux flambeaux formés par des figurines de femme, en porcelaine de Chine.

82-123 — Quantité de vases, plats, assiettes, tasses, figurines, groupes, etc., en ancienne porcelaine de Sèvres, de Saxe, de Chine et du Japon. Ce lot sera divisé.

Faïences et Grès de Flandres

124 — Coupe de forme droite et évasée sur piédouche, décorée d'ornements de style mauresque à reflets métalliques. Fabrique hispano-arabe.

125 — Vase-attrape en faïence d'Avignon, à ornements en relief émaillés en couleurs.

126 — Deux cruches en grès de Flandres.

127-135 — Environ vingt plats et vases en faïence de Castelli, de Bernard Palissy, de Delpht, etc., qui seront vendus par lots.

Matières précieuses

136 — Jade gris. — Plateau de forme longue et à quatre lobes, enrichi de fruits et de fleurs sculptés en bas-relief.

137 — Jade vert. — Petite coupe de forme ronde, garnie de trois anses à dragons découpés à jour.

138 — Jade blanc-grisâtre. — Deux pièces : poussah assis et groupe formé par une grenouille et des fruits.

139 — Jade blanc. — Deux flacons-tabatières en forme de petits vases.

140 — Jade blanc. — Trois pièces, dont deux plaques de forme contournée et porte-pinceau.

141 — Jade gris. — Trois pièces : boîte de forme ovale et deux groupes de personnages sur rochers.

142 — Petite coupe en pierre de lard et quatre amulettes en jade blanc.

143 — Grande plaque en forme de rocher sculpté, avec figures.

144 — Cinq petits cachets en pierre de lard, groupe en ja   et et plaque d'écran en marbre.

145 — Neuf petites boules en cristal de roche.

146 — Quatre lots de matières diverses : corail, lapis, améthyste, etc.

147 — Quatre tableaux en pierre calcaire de Florence.

148 — Trois plaques en jade.

149 — Petite coupe en cristal de roche et coupe en agate.

150 — Mosaïque de Rome : papillons.

151 — Cinq bagues, dont deux ornées de pierres gravées montées en or.

152 — Deux flacons, dont un en cristal de roche enfumé.

153 — Deux pièces : bénitier en cristal de roche et baguier en jaspe de Florence orné de grenats.

154 — Deux pièces : mortier en jaspe de Sicile, et poignard à manche en jade.

155 — Une paire de bracelets chinois, et deux petits paniers en vermeil.

156 — Tableau en calcaire : ruine et marine.

157 — Garniture d'épée en agate orientale et pendeloque en vermeil.

158 — Médaillon en or et améthyste.

159 — Cinq cachets anciens et deux plaques en jaspe d'Égypte.

Objets variés

160 — Christ en ivoire sculpté sur croix en bois d'ébène.

161 — Reliquaire gothique en cuivre argenté. Époque Louis XIII.

162 — Figurine en buis : personnage accroupi.

163 — Coupe en corne sculptée. Travail chinois.

164 — Monstrance en cuivre doré, enrichie de parties émaillées.

165-190 — Quantité d'objets variés, tels que : sculptures en bois et en ivoire, figurines en bronze doré, objets en laque, etc., etc.

Tableaux, Miniatures et Estampes

191-220 — Environ trente tableaux anciens, des diverses
écoles, miniatures et estampes, qui seront vendus sépa-
rément.

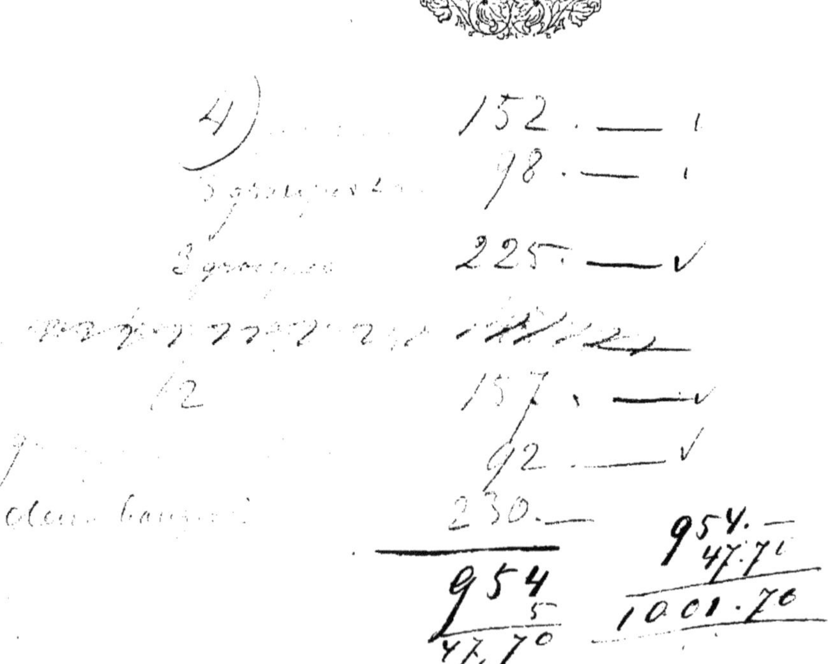

PARIS. — IMPRIMERIE PILLET FILS AINÉ
5, RUE DES GRANDS-AUGUSTINS

RED.:

19

MIRE ISO N° 1
NF Z 43-007
AFNOR
Cedex 7 – 92080 PARIS-LA-DÉFENSE

379.89.70
graphicom

BIBLIOTHEQUE NATIONALE DE FRANCE

****

CHATEAU DE SABLE

1995

www.ingramcontent.com/pod-product-compliance
Ingram Content Group UK Ltd.
Pitfield, Milton Keynes, MK11 3LW, UK
UKHW022337170726
13837UKWH00005BA/2302